LECTUR

Kamo

L'idée du siècle

de Daniel Pennac

illustrations de Jean-Philippe Chabot

Gallimard Jeunesse

A Lise et Mia Laclavetine
Et pour Aude Van Impe

LE CHAGRIN DE MADO-MAGIE EXPLOSA AU DESSERT.

– BON DIEU QUE JE SUIS MALHEUREUSE !

Moune ma mère venait de lui servir une charlotte à la framboise. Mado-Magie criait :

– C'est pas possible d'être aussi malheureuse ! C'est vraiment pas possiiiiible !

Une seconde plus tôt, Mado-Magie riait, plaisantait, vivait, elle était Mado-Magie, ma marraine préférée, et, soudain, ces hoquets de douleur, son visage comme une serpillière, cette pluie de larmes dans la sauce à la framboise, c'était la première fois que je la voyais pleurer :

– Je souffre ! Je sou-ou-ou-ouffre ! Si vous saviez ce que j'en baaaaave !

Son poing s'abattit sur la table. Transformée en catapulte, sa cuiller envoya la charlotte s'écraser juste en face d'elle contre le front de Pope mon père.

– C'est incroyable, cette douleur, c'est insupportaaaable !

Pope laissa la charlotte dégouliner le long de sa moustache. Il tendit son énorme main au-dessus de la table et la posa le plus doucement possible sur le poing serré de Mado-Magie.

– Arrête, Magie... arrête... c'est peut-être pas si grave que ça, il va revenir...

– Quoi ?

Elle cesse aussitôt de pleurer.

– Qu'est-ce que tu dis ?

Elle regardait Pope comme si elle voulait y mettre le feu.

– Qu'il revienne ? Tu voudrais qu'il revienne ? Et puis quoi, encore ?

Pope jeta un coup d'œil affolé à Moune. Il se mit à bafouiller :

– Mais alors... alors... pourquoi est-ce que tu pleures comme une Madeleine ?

C'était un jeu de mots. Parce que Mado-Magie, c'était Marjorie Madeleine en vrai. Marjorie son prénom et Madeleine, l'autre nom, le grand, celui de famille. Un jeu de mots qui ne la fit pas rire, en tout cas. De ses lèvres, maintenant blanches et serrées, sortait un petit sifflement venimeux :

– Mon pauvre vieux, mais tu ne comprends rien à rien, alors ?

Pope regarda Moune pour la seconde fois, un peu comme on lance une ancre dans la tempête. Et, comme toujours quand Pope la regarde avec ces yeux-là, Moune ma mère expliqua :

– Elle ne veut pas qu'il revienne ! C'est pour ça qu'elle souffre tant !

Mado s'était levée. Elle essuyait toutes ses larmes avec le dos de ses deux bras, comme un koala. Elle renifla. Elle sourit.

Elle dit :

– Excusez-moi.

Puis, à Pope, avec un petit rire :

– Ça te va pas mal, la charlotte.

Elle embrassa Moune et la main de Pope :

– Pardonnez-moi, mes chéris, il faut que je me sauve.

Elle ajouta :

– Dans tous les sens du terme.

Sans comprendre ce qu'elle voulait dire par là, j'ai couru jusqu'à ma chambre où elle avait laissé son sac et son manteau. Quand je l'ai retrouvée, sur le palier, elle m'a ébouriffé les cheveux.

– T'inquiète pas... c'est des bêtises... un petit chagrin de grand c'est moins grave qu'un grand chagrin de petit.

Arrivée en bas de l'escalier, elle a levé la tête et elle m'a crié :

– C'est pas ça qui va me faire oublier la date de ton anniversaire !

Une petite blague entre nous deux, parce que justement elle l'oubliait toujours, mon anniversaire ; ses cadeaux tombaient comme la pluie, n'importe quand.

Pope et Moune desservaient la table. Je les ai écoutés par la porte entrebâillée. Enfin, pas écoutés vraiment... un peu écoutés, quoi.

Moune disait :

– Incroyable, ce type ! Non seulement il la quitte sans un mot d'explication, mais il est parti en emportant la télé !

Pope a demandé :

– Qu'est-ce qu'il faisait, dans la vie ?

– Professeur, dit Moune, au collège... sixième, cinquième, je crois.

Pope a levé les bras au ciel :

– Un prof ! Et qui se barre en emportant le poste de télévision ! Ah ! l'humanité... je te jure... l'humanité !

(«Ah ! l'humanité...» C'était un soupir que poussait toujours Pope mon père quand il n'était pas content des hommes... «Ah ! l'humanité...»)

Là, je suis entré dans la salle à manger et j'ai prononcé une phrase absolument incroyable.

– On n'a qu'à lui donner la nôtre !

Pope et Moune m'ont regardé comme un seul homme.

– Qu'est-ce que tu dis, toi ?

C'est toujours comme ça qu'ils m'appellent: «toi». Et je me reconnais toujours, parce que moi, on ne peut pas se tromper, c'est moi. J'ai répété:

– Magie... on n'a qu'à lui donner notre télévision. Ça la consolera un peu.

Moune a eu un sourire qui voulait dire: «Mon Dieu comme il est gentil, mon garçon». Et Pope s'est contenté d'approuver en me lorgnant du coin de l'œil.

– Pas une mauvaise idée... d'autant plus que l'année prochaine tu entres en sixième... alors, plus question de télé, hein ? Plus le temps...

LE LENDEMAIN, À LA RÉCRÉ DE DIX HEURES, KAMO M'A ENGUEULÉ COMME DU POISSON POURRI.

– Mais ça va pas, ma parole ! T'es dingue ou quoi ? Donner votre télé à Mado-Magie parce que son copain l'a quittée ! Et quand le prochain s'en ira en emportant le frigo, tu lui donneras le frigo ? Et la machine à laver au suivant ? Mais tu vas finir dans un désert ! Tu la connais, pourtant, Mado-Magie, non ? Ton père a accepté ?

– Il dit que de toute façon on n'a pas le temps de regarder la télé quand on rentre en sixième...

Kamo, c'est Kamo, mon copain de

toujours. On s'est connu à la crèche. Le berceau d'à côté. C'est mon créchon. Une sorte de frangin. Je croyais que l'argument de Pope allait le calmer mais ça l'a multiplié par dix. Il s'est mis à beugler en gesticulant:

– Des conneries, tout ça! rien que des conneries ! Si on les écoutait on ne pourrait plus rien faire sous prétexte qu'on rentre en sixième! «Quel âge il a votre petit ? Dix ans et demi ? Oh ! mais ça devient sérieux, plus question de rigoler, il va bientôt rentrer en sixième!» «Ah ! non, désolé, l'année prochaine pas de piscine, tu rentres en sixième!» «Quoi ? Cinéma ? Rien du tout ! Tu ferais mieux de réviser ton calcul si tu veux qu'on t'accepte en sixième!» «Kamo, je te l'ai dit cent fois, on ne met plus son doigt dans son nez quand on va rentrer en sixième!» Tous ! Tous autant qu'ils sont, ils n'ont que ça à la bouche, ma mère, tes parents, le poissonnier: la sixième! la sixième! Même le clébard de la boulangère quand il me regarde,

j'ai l'impression qu'il va me dire : « Eh ! oh ! toi, là, fais gaffe, hein, n'oublie pas que l'année prochaine tu entres en sixième... »

Les hurlements de Kamo avaient ameuté les copains. Nos copains de CM2, ceux qui allaient rentrer en sixième, justement. Le grand Lanthier, le plus grand de nous tous, attendit que Kamo reprît son souffle pour dire très vite :

– Il n'y a qu'une seule grande personne qui ne parle jamais de la sixième, une seule !

Kamo avait ouvert la bouche pour continuer sa tirade. Bouche ouverte, il regarda Lanthier.

– Qui ça ?

– M. Margerelle ! répondit Lanthier qui avait toujours peur de dire une bêtise tellement il était grand pour son âge.

Deux secondes plus tard, tout le monde déboulait dans la classe. M. Margerelle était en train d'imprimer les feuilles d'histoire sur sa Ronéo. Il tournait la manivelle et nos ancêtres les Gaulois sortaient de là en violet très pâle.

– Qu'est-ce que vous faites-là, les enfants ? La récré n'est pas finie...

Il nous a dit ça sans se retourner, sans gronder, de sa voix à lui, toujours souriante. C'était notre maître, M. Margerelle, pas de panique, jamais, « Notre Instit' Bien Aimé » comme l'appelait Kamo quand on avait une permission à lui demander.

Mais là, tout de même, M. Margerelle a dû sentir que l'heure était grave, le silence bien silencieux, parce qu'il s'est redressé, et nous a fixés un bon moment.

– Qu'est-ce qui se passe ?

Kamo a regardé ses basquettes.

– On peut vous poser une question, m'sieur ?

M. Margerelle a eu un geste d'impuissance.

– Il n'est pas né celui qui pourra t'empêcher de poser une question.

– Vous ne nous parlez jamais de la sixième, pourquoi ?

– Pardon ?

– C'est vrai, dit Lanthier, vous êtes la seule grande personne qui ne nous dise rien de rien sur la sixième.

– Tout le monde nous parle de la sixième, tout le monde !

Les copains se déchaînaient :

– C'est vrai ! ma mère ! mon père ! ma tante ! le beau-père de ma sœur ! la voisine du dessous ! l'assistante sociale ! le docteur Muzaine ! le garagiste de mon grand-père ! même le

facteur, hier matin ! La sixième ! Tout le monde sauf vous ! La sixième ! La sixième !

Un vrai déluge. Au point que M. Margerelle a dû ouvrir ses bras très grands, comme pour arrêter un train fou.

– Stoooop !

On a stoppé.

– Allez vous asseoir.

On s'est assis.

– Bon. Qu'est-ce que vous voulez savoir, sur la sixième ?

Kamo a dit :

– Tout.

M. Margerelle s'était assis sur son bureau, en tailleur, comme quand il nous racontait une histoire. (Il nous racontait des histoires tous les samedis matins. Oui, avec lui les samedis ressemblaient à des dimanches.)

– Tout ? Vous allez être déçus.

Il a regardé Kamo. Puis nous autres.

– Parce qu'il n'y a rien à savoir, sur la sixième. La sixième, c'est comme le CM2, ni plus ni moins. Les mêmes matières, les mêmes devoirs, les mêmes horaires... un peu plus poussés, comme si on allait un peu plus loin sur le même chemin, c'est tout.

– Alors pourquoi tout le monde nous bassine avec cette foutue sixième ? a demandé Kamo qui parlait couramment argot-français, français-argot, un héritage de son père qui était mort trop tôt.

Geste vague de notre Instit' Bien Aimé :

– Vous connaissez les parents... toujours un peu inquiets pour la suite...

– C'est pas de l'inquiétude, a crié Lanthier, c'est une vraie maladie !

– Enfin, quoi, cette sixième, elle doit bien avoir quelque chose de différent pour les flanquer dans un état pareil !

Kamo avait appuyé sur l'adjectif « différent » en regardant M. Margerelle droit dans les yeux.

– Non, rien de différent. Seulement...

M. Margerelle passa sa main dans sa tignasse. Ce n'était pas des cheveux qu'il avait sur la tête, c'était la forêt d'Amazonie.

– Seulement ?

– Eh bien, la seule vraie différence, c'est qu'au lieu d'avoir un seul maître, vous en aurez six ou sept : un pour les maths, un pour le français... un professeur par matière, quoi.

– Ça veut dire qu'ils seront six ou sept fois moins savants que vous ? s'exclama le grand Lanthier.

Margerelle éclata de rire :

– Ne va surtout pas leur dire ça, malheureux !... non, ce sont des spécialistes, un peu comme en médecine : un docteur pour le cœur, un autre pour le foie, un troisième pour les reins, tu vois ?

– Et alors, demanda Kamo, où est le problème ?

(« Où est le problème », c'était l'expression favorite de Tatiana, la mère de Kamo, à qui rien ne paraissait impossible... « Et alors, où est le problème ? »)

– L'adaptation, répondit M. Margerelle.

– L'adaptation ?

– Oui, jusqu'à présent vous n'aviez qu'un maître par an, que vous connaissiez bien ; bon ou mauvais, vous faisiez avec. En sixième, il faudra vous habituer à six ou sept caractères différents dans la même année. (Il ajouta) : Quelquefois très différents. (Il regarda Kamo.) Il pourrait même s'en trouver un qui supporte moins bien qu'un autre les questions de Kamo...

Là, silence. Le genre de silence où on commence à comprendre...

Et c'est dans cette peur silencieuse que j'ai dit :

– Les profs de sixième, c'est tous des voleurs de télés !

Tout le monde m'a regardé, et M. Margerelle avec des yeux grands comme ça.

– Qu'est-ce que tu dis, toi ?

Je savais très bien ce que je disais, mais j'ai répondu :

– Rien.

Kamo est revenu à la charge :

– C'est très embêtant, ça, le coup de l'adaptation, c'est très très embêtant...

– Il ne faut rien exagérer, dit M. Margerelle, c'est pas dramatique.

– Pas dramatique ? Un type qui ne répondrait pas à nos questions, vous trouvez que ce n'est pas dramatique ? Et les réponses, alors ? Qui est-ce qui nous filera les réponses quand vous ne serez plus là ?

Une telle angoisse dans la voix de Kamo que nous nous sommes sentis orphelins, tout d'un coup, tous ! (Mais, Kamo sans doute plus que nous, vu que son père était mort, un soir, à l'hôpital.) Plus de M. Margerelle, plus d'Instit' Bien Aimé, plus de réponses à nos questions... Le petit Malaussène, qui avait un an d'avance sur nous tous, se mit à pleurer... il balbutiait :

– Oh ! si, c'est grammatique ! c'est vachement grammatique !

Kamo lui ôta ses lunettes pleines de buée et, tout en les essuyant avec son mouchoir, dit, très calmement :

– Arrête de pleurer, Le Petit... il y a une solution. Je crois même que je viens de trouver l'idée du siècle.

Puis, à M. Margerelle, un peu comme on donne un ordre :

– Il faut que vous nous prépariez *vraiment* à la sixième, monsieur, dès demain ! Il faut nous apprendre à affronter tous ces caractères différents !

– On peut savoir comment ? demanda M. Margerelle qui commençait à s'amuser.

Le visage de Kamo s'illumina, comme toujours quand il trouvait « l'idée du siècle » (ce qui lui arrivait deux ou trois fois par jour).

– En jouant les rôles de tous ces nouveaux profs ! s'exclama-t-il. Fini le M. Margerelle que nous connaissons tous ! Vous arrivez demain et vous jouez le rôle d'un prof de maths complètement inconnu, ou du nouveau prof d'Anglais, vous allez jouer tous ces rôles de profs inconnus, comme vous faites avec les personnages de Molière... tous !

– Même celui qui répond pas aux questions ? demanda le petit Malaussène avec un reste de peur dans la voix.

– Surtout lui ! C'est surtout à celui-là qu'il faut « s'adapter ! »

Kamo tomba à genoux et leva des bras suppliants vers M. Margerelle toujours assis sur son perchoir :

– Allez, quoi, notre Instit' Bien Aimé, faites ça pour nous !

Toute la classe l'imita. A genoux, tous, bras levés, tous, et braillant comme des affamés :

– Faites-le pour nous, notre Instit Bien Aimé ! faites-le pour nous !

D'abord, M. Margerelle ne répondit rien. Les mains à plat sur le bureau, il secouait lentement la tête de droite à gauche en regardant ses pieds avec un sourire qui n'en revenait pas.

Puis, il dit :

– Décidément, tu es complètement cinglé, mon pauvre Kamo.

C'était dit sur un ton affectueux. Mais Kamo sentit que le vent tournait.

– C'est oui ou c'est non ?

M. Margerelle sauta de son bureau sur le sol.

– C'est non. Je ne suis pas le clown de service.

Et, avant que quelqu'un ait pu ajouter un seul mot :

– Et vous n'êtes pas des guignols. Fini la rigolade. Asseyez-vous et sortez vos classeurs d'Histoire.

À LA MAISON, MAINTENANT, LE SUJET DE CONVERSATION NUMÉRO UN, C'ÉTAIT L'AVENIR DE MADO-MAGIE. Pope et Moune l'avait inscrit au menu de tous les repas.

– On pourrait lui présenter Bertrand, disait Pope mon père.

– Trop popote, répondait Moune ma mère en nous remplissant nos assiettes.

– Maxime, le violoniste ?

– Si tu étais une femme tu aimerais qu'on te présente Maxime ? demandait Moune en nous versant à boire.

– Non, disait Pope.

Un soir, j'ai essayé d'aider. J'ai proposé le père du grand Lanthier. Ça n'a pas marché non plus.

– Veuf, huit enfants sur les bras et un petit penchant pour la bouteille... on devrait trouver plus simple.

– Frédéric ? hasarda Pope, tu sais, Frédéric, le toubib, l'allergologue...

– Pas son genre d'homme, répondit Moune.

– Mais, nom d'un chien, qu'est-ce que c'est, son genre d'homme ? C'est inouï, tout de même, une conseillère conjugale qui règle les problèmes des couples les plus cinglés et qui n'arrive pas à trouver son genre d'homme !

– Justement, dit Moune, des maris, elle en a trop vu, elle ne sait plus...

Là, j'ai demandé :

– Qu'est-ce que c'est, une « conseillère conjugale » ?

(J'aurais bien aimé savoir aussi ce qu'était un type trop « popote », et même ce qu'était un « allergologue », mais dans les conversations des adultes il y a tellement de questions à poser qu'il faut en choisir une au hasard... Une sur trois à peu près.)

– Une conseillère conjugale ? répéta Pope pour se donner le temps de réfléchir... eh bien... disons que c'est un ministre des Affaires Étranges.

Le visage de Moune ma mère s'allumait toujours quand Pope mon père répondait à mes questions.

– Quand les couples se disputent, expliqua Pope, ils ne savent jamais pourquoi. C'est toujours plus compliqué ou plus simple qu'ils ne le croient. Des affaires étranges... Alors ils font appel à Mado-Magie qui règle leurs problèmes en deux coups de cuiller à pot.

Mado-Magie, ministre des Affaires Etranges... une espèce de fée qui réconciliait tous les amoureux du monde. Le plus fort, c'est que c'était vrai ! Un jour quand j'étais petit, Pope et Moune avaient cessé de s'aimer. Mais vraiment, hein, la vraie guerre ! Je me suis vu divorcé et tout... Alors, Mado-Magie est apparue. J'entends encore ses talons claquer dans le couloir et je sens son parfum de fleur soudaine. Elle s'est plantée dans la porte de la salle à manger. Les mains sur les hanches elle a regardé Pope et Moune qui ne se parlaient plus du tout tellement ils s'en étaient dit. Au bout d'un petit moment, elle s'est écriée :

– Alors, ça y est, on fait enfin comme tout le monde, on se déteste !

Puis, elle a éclaté d'un rire incroyable... un rire tellement gai, tellement chaud, un vrai rire chalumeau, je ne pourrais pas dire autrement. « Chalumeau » doit être le mot juste, d'ailleurs, parce que pendant des mois, chaque fois qu'ils la voyaient, Pope et Moune ne cessaient de lui répéter :

– Ah ! Magie ! Magie ! Tu as ressoudé notre couple !

– C'est tout de même injuste, disait Kamo, de son côté. Une fille qui passe sa vie entière à ressouder les amours des autres... Et personne pour la dorloter comme elle faisait quand on était créchons.

C'est là que nous l'avions connue, Mado-Magie, à la crèche. La crèche de la rue Berle. Elle était encore étudiante, alors. Pour payer ses études, elle se faisait des sous en remuant des hochets sous notre nez. Incroyable, toute cette tendresse ! Une sorte de maman sans enfant mais qui aurait pu être la mère de tous les enfants du monde...

– C'est vraiment dégueulasse, disait Kamo.

C'était le soir. Tout en discutant, adossés à

la porte de l'école, nous regardions M. Margerelle disparaître au coin de la rue de la Mare. Sa moto faisait un bruit de Paris-Dakar. Assise derrière lui, une jeune-fille laissait aller au vent des cheveux blonds qui flottaient comme un drapeau.

– Hier, ce n'était pas la même, fit observer Kamo, c'était une grande brune...

Il ajouta, l'air sombre :

– Lui aussi, ça doit être le genre de type à faire tomber les cœurs dans la charlotte à la framboise.

Depuis que notre « Instit' Bien Aimé » avait refusé de nous préparer vraiment à la sixième, Kamo ne l'appelait plus que « le Traître Margerelle ».

– Kamo ?

– Oui ?

– Magie, finalement c'est quoi son « genre d'homme » ?

– Va savoir...

Nous avions passé en revue tous les pères de la classe pour dégoter le genre d'homme de Magie, et tous les oncles, et tous les frères aînés que nous connaissions. Mais on leur trouvait à tous quelque chose de trop, ou quelque chose de pas assez...

Et puis, une nuit, le téléphone nous réveilla.

– Ce doit être Magie, grommela Pope en décrochant.

Raté, c'était Kamo.

– Qu'est-ce qui te prend de téléphoner au milieu de la nuit ? hurla Pope. Si tu crois que tu pourras t'amuser à ça quand vous serez en sixième !

Mais il me le passa tout de même, parce que ce n'est pas facile de refuser quelque chose à Kamo.

– Allô ? Salut, toi. Je viens de trouver l'idée du siècle pour Mado-Magie !

Et, sans me laisser le temps de dire un mot :

– Combien sommes-nous, sur la Terre, d'après toi ?

– Trois ou quatre milliards, non ?

– Combien d'hommes, dans le tas ?

– A peu près la moitié...

– Alors, je vais te dire une bonne chose : puisque personne n'est foutu de dénicher le genre d'homme de Mado-Magie sur deux milliards de types, toi et moi on va expliquer à deux milliards de types quel genre de fille c'est, Mado-Magie, quel genre de merveille ! Tu veux ? Tu es d'accord ?

L'idée de Kamo était très simple. Nous allions rédiger un portrait de Mado-Magie, le plus court et le plus fidèle possible. Décrire en quelques mots sa gentillesse, son rire, sa jeunesse, quelle bonne crèchonnière elle était, et quel chalumeau d'amours brisées, et comme elle était jolie en plus, et vive, et quelle maman ça ferait, et quelle amie pour son type d'homme, si elle le rencontrait un jour... Après quoi, on donnerait son adresse, son téléphone, et on ferait passer l'annonce sur tous les journaux de la Terre.

– Pas de problème pour la traduction, disait Kamo, ma mère s'en chargera.

Tatiana, la mère de Kamo parlait presque toutes les langues disponibles, parce qu'elle était russe et juive d'origine, et que l'Histoire avec ses injustices, ses révolutions, ses guerres, ses problèmes de races et de religions, avait expédié sa famille dans tous les coins de la Géographie.

– A force d'émigrer d'un pays à l'autre, on finit par connaître toutes les langues, forcément, expliquait Kamo... on se tient prêt à partir ailleurs.

Je ne sais pas combien de brouillons nous avons faits. Une centaine, peut-être. Mais la version définitive, le vrai portrait de Mado, pur comme un diamant, en quatre lignes seulement, nous est venue par miracle, un après-midi de janvier, pendant le cours de géométrie! M. Margerelle était en train de nous expliquer qu'un triangle dont les trois côtés sont de la même longueur s'appelle un triangle « équilatéral », lorsque Kamo me glissa un petit papier. Mado-Magie tout entière en trente mots pile! Pas un de plus, pas un de moins,

et rien n'y manquait. Kamo avait écrit en italiques : « *Version définitive, d'accord ?* » J'ai pris mon stylo bille, j'ai répondu : « D'accord. », j'ai soigneusement replié le message et je le lui ai rendu.

C'est alors que la catastrophe s'est produite. M. Margerelle était au-dessus de nous. Sa main a plongé sur le papier plié qui a paru très blanc entre ses doigts avant de disparaître au fond de sa poche.

Puis, il a demandé à Kamo, sans élever la voix :

– Aurais-tu la gentillesse de me dire comment s'appelle un triangle dont les trois côtés ont la même longueur ?

Kamo est devenu tout pâle.

– S'il vous plaît, monsieur, rendez-moi ce papier.

– Un triangle à trois côtés égaux ? insista M. Margerelle avec un calme d'avant l'orage.

– C'est très personnel, insista Kamo, blanc comme neige.

– Le nom de ce triangle ?

– Mon papier, monsieur...

Silence. Silence...

On pouvait entendre la fine aiguille de l'horloge, là-bas, au-dessus du tableau, grappiller les secondes une à une. Des secondes très lourdes.

Finalement, M. Margerelle a dit, avec ce calme brûlant qui lui servait de colère :

– Prends tes affaires, Kamo, et sors.

Sur le pas de la porte, Kamo s'est retourné :

– Vous pouvez le garder mon papier, monsieur, vous pouvez en faire des confettis, je le connais par cœur... et votre triangle à trois côtés égaux, je vais vous avouer une chose : il m'est complètement ***équilatéral*** !

Puis, il a refermé la porte sur lui, très doucement.

Magnifique, non ?

OUI, MAIS QUELLE ENGUEULADE EN RENTRANT CHEZ LUI !
– TE FAIRE VIRER PAR M. MARGERELLE !
SA MÈRE, TATIANA, ÉTAIT FOLLE DE RAGE.

– Alors que l'année prochaine tu entres en sixième !

Kamo ne quittait pas le plancher des yeux.

– Et tout ça parce que monsieur veut envoyer le portrait de Mado-Magie à deux milliards d'individus sur la planète ! Mais qu'est-ce que tu as dans le crâne, bon sang ?

Elle tournait autour de lui comme un Indien autour d'un poteau de torture.

– Ce n'était pas une bonne idée ? murmura Kamo.

– Excellente ! hurla Tatiana, excellente ! Des millions de crétins téléphonant à Mado-Magie nuit et jour, tous les célibataires du monde accrochés à sa sonnette, douze kilomètres de candidats faisant la queue de chez elle jusqu'à la place de la Concorde, une idée formidable ! Tu veux la rendre folle, ou quoi ?

A force de regarder ses pieds quand sa mère l'engueulait, Kamo connaissait parfaitement le plancher de chez eux.

– Et toi ! toi, hein ?

C'était mon tour, à présent. Kamo me suppliait toujours de l'accompagner quand il prévoyait un cyclone maternel.

– Tu ne peux pas lui mettre un peu de plomb dans la tête, toi ? Non, il faut que tu l'admires, hein ? L'idée la plus dingue, et bravo-bravo en claquant des mains, c'est ça ?

Quand il m'arrivait de plaindre Kamo, de dire à Pope et Moune que Tatiana avait vraiment mauvais caractère, Pope levait le doigt de la sagesse et rectifiait : « Tu te trompes, elle a du caractère, il ne faut pas confondre... »

A quoi, Moune ajoutait : « Et il en faut, du caractère, avec un fils comme Kamo... »

Tatiana tournait autour de nous deux, maintenant.

– Ça va très mal ! Ça va très mal, les garçons, je vous préviens que je vais me mettre en rogne !

Un volcan en éruption, crachant du feu jusqu'aux étoiles, bombardant le paysage de rochers en fusion, et qui vous prévient qu'il va se mettre en rogne...

– Pour commencer, pas question que vous fassiez votre sixième ensemble. Alors ça, pas question !

Rien ne pouvait nous faire plus de chagrin, elle le savait.

Elle me montra la porte du doigt.

– Toi, rentre chez toi et tâche de te faire discret pendant un bon bout de temps.

A Kamo, elle montra le téléphone.

– Toi, appelle M. Margerelle et excuse-toi !

Kamo aurait bien aimé protester mais le doigt de Tatiana vibrait de fureur:

– Immmmédiatement !

Le lendemain à la première heure, M. Margerelle pénétra dans la classe avec sa tête de tous les jours. C'était ce que nous préférions chez lui ; même s'il nous avait grondés la veille, il avait tous les matins sa tête de tous les jours, et c'était chaque matin une bonne et joyeuse tête, avec sa tignasse amazonienne, et ce sourire qui interdisait aux heures de paraître trop longues.

Il s'assit en tailleur sur son bureau:

– Ecoutez-moi bien, vous autres...

Le temps de nous laisser ouvrir nos oreilles, il reprit:

– J'ai bien réfléchi.

Ce qui ne l'empêcha pas de réfléchir encore un petit coup avant de continuer:

– La séance d'hier avec l'ami Kamo m'a fait changer d'avis.

Changer d'avis ? A propos de quoi ?

– Il faut absolument que je vous prépare à entrer en sixième... A l'adaptation, je veux dire.

(C'était son seul tic: il disait souvent « je veux dire », au lieu de le dire tout de suite.)

– Et c'est ce que je vais faire. Je vais jouer six ou sept rôles de professeurs et vous allez vous adapter à ces six ou sept caractères différents.

– A partir de quand ? demanda le grand Lanthier vaguement inquiet.

– A partir de maintenant.

Bizarre, ce que j'ai ressenti alors. L'impression qu'il allait se passer quelque chose de grave mais qu'on ne pouvait plus reculer. La sensation que nous étions tous pris dans un piège tendu par nous-mêmes. Un peu comme un jeu qui tourne mal. Ou quelque chose comme ça...

– En fait, je suis venu vous faire mes adieux. C'est la dernière

fois que vous voyez M. Margerelle. Je vais me retourner vers le tableau. Et quand je vous ferai de nouveau face, ce ne sera plus moi ; ce sera quelqu'un d'autre.

– On ne vous reverra plus jamais ?... demanda le petit Malaussène au bord des larmes.

C'est à lui que M. Margerelle envoya son dernier sourire :

– Vous me reverrez quand vous serez parfaitement adaptés à tous les types de professeurs imaginables.

Puis, à nous tous :

– Bien... On y va ?

Là j'ai senti que tout le monde aurait volontiers fait marche arrière, mais Kamo a dit, très clairement :

– Allons-y.

Et M. Margerelle s'est retourné vers le tableau.

IL A SAISI UNE CRAIE JAUNE DANS LA BOÎTE DE L'ÉPONGE ET A ÉCRIT UN NOM AU TABLEAU : *CRASTAING*.

Ce n'est pas le nom qui m'a frappé, c'est l'écriture : zigzags de craie jaune, une écriture aiguë, tranchante, qui n'était pas du tout celle de notre Instit' Bien Aimé... On aurait juré un brusque éclair sur le tableau noir !

Puis, il s'est retourné et a claqué des mains :

– Debout !

Une voix si différente de la sienne que nous en sommes tous restés cloués à nos chaises.

– Allons, debout !

Ce n'était pas une voix, c'était un couteau ébréché crissant sur le fond d'une assiette.

Nous nous sommes tous levés sans le quitter des yeux.

Il a attendu la fin du dernier raclement de chaise, puis, dans un silence de frigo, il a dit :

– Je suis votre nouveau professeur de français ; je viens d'écrire mon nom au tableau ; vous veillerez à ne pas y faire de fautes !

Il y avait une telle menace dans ses paroles que, loin de rigoler, nous sommes restés à l'intérieur de nos têtes, à épeler muettement son nom, avec toutes ses lettres, sans oublier le « G » final.

– Maintenant, regardez-moi bien.

Pour le regarder, on le regardait !

Ses yeux semblaient avoir rétréci dans ses orbites et on aurait juré qu'il avait *maigri du nez* .

– Je suis petit, je suis vieux, je suis chauve, je suis fatigué, je suis malheureux, ça m'a rendu méchant et je suis extrêmement susceptible !

Un regard si fixe, une voix si rouillée, un

nez si coupant, une telle sensation de fatigue... oui... comme si M. Margerelle était devenu, sous nos yeux, la momie de M. Margerelle.

– Au début de chaque cours, vous vous tiendrez debout derrière vos chaises. (Silence.) Vous ne vous assiérez que lorsque je vous le dirai. (Silence.) Et, quand la cloche sonnera, vous attendrez que je vous donne l'ordre de sortir. (Silence.) C'est la moindre des politesses.

Son regard fiévreux sautait comme une puce sur chacun d'entre nous.

– Vous m'avez compris ?

Le reste de son visage restait parfaitement immobile, joues creusées, lèvres blanches.

– Asseyez-vous.

Il s'assit après nous, d'un seul coup, comme un bâton qui se casse.

– Prenez une feuille et écrivez dictée.

Il sortit de son cartable une règle de bois noir qu'il déposa à sa droite, sans le moindre bruit, puis une vieille montre qu'il posa à sa gauche, sans le moindre de bruit, et un livre qu'il ouvrit exactement en face de lui et dont il lissa soigneusement les pages, sans le moindre bruit.

– Quatre points par faute de grammaire, deux par faute de vocabulaire, un demi-point pour les accents et la ponctuation. Tracez une marge de trois carreaux. Je vous rappelle que l'usage du stylo rouge est strictement réservé à vos professeurs.

Kamo passa toute la récré à rassurer le petit Malaussène.

– Arrête d'avoir la trouille, Le Petit ! C'est un jeu, rien qu'un jeu ! Mais quel mec, hein, le Margerelle ! Quand il a annoncé qu'il était chauve, je vous jure que je *l'ai vu chauve*, plus un poil sur le caillou ! Absolument génial !

– Peut-être, intervint le grand Lanthier, mais j'ai pas envie de me taper ce genre de génie toute l'année.

– On ne l'aura que cinq heures par semaine ! s'exclama Kamo, c'est ça qu'il y a de formidable, avec la sixième ! On ne se farcira la momie de français que cinq heures par semaine ! Le reste du temps on aura les autres ! Tu n'es pas curieux de découvrir le suivant de ces messieurs, Lanthier ?

« Le suivant de ces messieurs » traversa la classe en trois enjambées :

– Hellow !

C'était un type tout en bras et jambes avec un grand sourire vissé au milieu de la figure. Debout derrière nos chaises , nous le regardions, raides comme des stalagmites.

– Maï nêïme iz Saïmone ! s'exclama-t-il.

Sourire et regard écarquillés, il nous regardait tout ravi, exactement comme s'il nous voyait pour la première fois. C'était Margerelle, bien sûr... et pourtant, ce qui se tenait là, debout devant nous, avec ce sourire immobile et ces grands bras désarticulés, n'avait absolument rien à voir avec M. Margerelle. Ni avec M. Crastaing.

– Qu'est-ce qu'il dit ? chuchota Lanthier.

– Saïmone ! répéta le nouveau Margerelle en se frappant gaiement la poitrine de l'index.

Sur quoi, il écrivit une phrase au tableau (grande écriture

désordonnée) : « My name is Simon »... Et, se désignant de nouveau du bout de son index, il aboya joyeusement :

– Saïmone ! Caul mi Saïmone ! (Que j'orthographie ici à peu près comme je l'entendais.)

– Quoi ?

– Je crois que c'est de l'anglais, murmura le petit Malaussène. Il dit qu'il s'appelle Simon, et qu'il faut l'appeler comme ça.

– Evidemment, s'il s'appelle Simon on va pas l'appeler Arthur !

La remarque de Lanthier mit le feu au rire de Kamo qui se propagea illico à toute la classe. Un incendie de rigolade, tout le monde plié en deux, sauf Lanthier qui bredouillait :

– Qu'est-ce que j'ai dit ? Qu'est-ce que j'ai dit ?

– Okèyï ! fit M. Simon, avec son grand sourire, en levant ses bras immenses.

– Okèyï !

Puis, sa voix se mit à enfler comme une sirène, et, parole d'honneur, je n'ai jamais entendu quelqu'un gueuler si fort en conservant exactement le même sourire sur les lèvres.

– Okèyï, Okèyï ! Okèyï ! Okèyï !

Stupeur donc, et silence, bien sûr.

Et lui, tout doucement, avec le même sourire :

– Ouell (il écrivit « well » au tableau) : Ouell, ouell, ouell...

Puis :

– Site daoune, plize.

Comme on le regardait s'asseoir, il répéta, en nous désignant nos chaises, toujours souriant :

– Plize, site daoune !

– Il a l'air de vouloir qu'on fasse comme lui, fit Kamo en s'asseyant.

A peine la classe eut-elle imité Kamo, que Misteur Saïmone se releva d'un bond, comme une marionnette hilare :

– Stêndœupp !...

(Quelque chose comme ça...)

– Il veut qu'on se relève, dit le petit Malaussène.

– Faudrait savoir... ronchonna le grand Lanthier.

Tout le monde debout, donc.

– Tœutch your naoze !

– Qu'est-ce qu'il dit ? demanda Kamo.

– Your naoze ! Tœutch your naoze !

Du bout de son doigt, M. Simon désignait le bout de son nez.

– Il veut qu'on se mette les doigts dans le nez ? demanda le grand Lanthier.

Nouveau fou rire de Kamo. Nouveau fou rire de la classe.

– Qu'est-ce que j'ai dit ? demanda Lanthier.

– Okèyï, Okèyï ! Okèyï ! Okèyï !

Silence.

– Your naoze, plize...

– Il serait prudent de lui obéir, dit Kamo en se touchant le bout du nez.

– Ouell, ouell, ouell, ronronna M. Simon, visiblement satisfait.

– Site daoune, naoh.

Puis, jaillissant de nouveau :

– Stêndœupp !

Nous commencions à comprendre son système. Il était en train de nous apprendre l'anglais. Il suffisait de mimer ce qu'il faisait, de retenir ce qu'il disait et de lire au tableau ce qu'il y écrivait : « naoh », par exemple, devenait « now », « plize » donnait « please », « stêndœupp » faisait « stand up »... et ainsi de suite. C'était pas mal, comme truc. Surtout avec ce grand sourire qui ne quittait jamais son visage. Logiquement, ça aurait dû marcher. Seulement, il n'était pas tout à fait au point, Misteur Saïmone, il laissait la machine s'emballer...

Au début, nous mimions tout, bien sagement, puis, le rythme s'accélérant peu à peu, l'excitation nous gagnait, Misteur Saïmone, sans le faire exprès, donnait les ordres de plus en plus vite, de plus en plus fort : « Assis ! debout ! marchez ! courez ! lisez ! sautez ! dormez ! écrivez ! montrez votre nez ! vos pieds ! assis ! debout ! dormez ! riez ! rêvez ! criez ! » jusqu'à ce que nous soyons excités comme des puces. Oui, voilà ce que nous devenions : une armée de puces en folie-folle, absolument incontrôlables, renversant les chaises et grimpant sur les tables, tournant à toute allure autour de la classe en poussant des hurlements soi-disant britanniques qui devaient s'entendre dans tout le vingtième arrondissement, jusqu'à ce que lui-même, Misteur Saïmone,

toujours souriant (« C'est pas possible, il a dû naître avec ce sourire ! » affirmait Kamo), couvrît tout ce tumulte de son propre hurlement :

– Okèyï, Okèyï ! Okèyï ! Okèyï !

Alors, tout le monde s'immobilisait dans une classe transformée en terrain vague... et... « Ouell, ouell, ouell »... puis, de nouveau : « Site daoune... stêndœupp »... et c'était reparti pour un tour.

Je me rappellerai toute ma vie la fin de ce premier cours. Misteur Saïmone avait complètement perdu le contrôle de la situation. Je crois même qu' à force de courir, sauter, tomber sur nos chaises et bondir sur nos pieds, à force de hurler et de rigoler comme des malades, nous avions tout simplement oublié son existence. A vrai dire, nous n'entendions même plus ses ordres. Son « okèyï-okèyï-okèyï ! » ne couvrait plus le vacarme. Le sol tremblait sous nos pieds et l'école tout entière se serait probablement effondrée si la porte de notre classe n'avait brusquement claqué en plein cœur du tumulte.

– Qu'est-ce que c'est que ce cirque ?

Nous mîmes un certain temps à comprendre le changement de situation.

– Vous allez vous calmer, oui ?

Et, tout à coup, nous comprîmes que ce n'était plus Misteur Saïmone qui se trouvait là devant nous. Cette voix autoritaire et basse à la fois... cette immobilité... pas de doute... c'était un autre... encore un autre Margerelle... qui nous regardait, les bras croisés et le dos appuyé à la porte de la classe.

– Vous êtes tombés sur la tête ou quoi ?

Un troisième Margerelle, aussi paisible que Saïmone était agité, avec une voix aussi chaude qu'était glaciale celle de Crastaing.

Une fois le calme revenu, Kamo ne put s'empêcher de s'exclamer :

– Alors là, chapeau, monsieur ! Bravo ! Vraiment, bravo !

Le nouveau Margerelle tourna la tête vers Kamo et demanda, en haussant les sourcils :

– Comment t'appelles-tu, toi ?

Kamo hésita avant de répondre mais comprit à temps que l'autre ne blaguait pas :

– Kamo... je m'appelle Kamo...

Et, parce que, même intimidé, Kamo restait Kamo, il ajouta :

– Et vous ?

Une ombre de sourire passa sur le visage du nouveau Margerelle.

– Arènes, je suis M. Arènes, votre professeur de mathématiques.

Puis, en se dirigeant tranquillement vers le bureau.

– Allez, rangez-moi ce foutoir, qu'on puisse passer aux choses sérieuses.

Il marchait pesamment. Le lent balancement de ses épaules donnait l'impression qu'il était plus petit que les autres Margerelle, plus lourd, aussi. A la façon dont il attendit sans impatience, appuyé au tableau, que nous ayons remis la classe à l'endroit, j'ai compris que ce serait lui mon professeur préféré.

DINGUE COMME UNE BILLE DE MERCURE

C'EST INJUSTE, LA VIE. C'EST INJUSTE PARCE QUE ÇA CHANGE TOUT LE TEMPS. ON PENSE À QUELQU'UN, et puis on pense à quelqu'un d'autre. Pendant des semaines, ni Kamo ni moi ne pensâmes plus une seconde à Mado-Magie. Les Margerelle avaient pris toute la place.

– Ce type, on dirait une bille de mercure, disait Kamo.

– On dirait quoi ?

– Tu n'as jamais cassé un thermomètre ? Le mercure s'échappe en petites billes. Si tu appuies sur une de ces billes, elle se divise en dizaines d'autres. Et chaque autre bille en autant d'autres encore. Il est comme ça, Margerelle. Il pourrait se diviser en millions de Margerelle. Il pourrait imiter tous les profs de la Terre. Incroyable, non ?

Si.

Après M. Arènes, le prof de maths, avec son bon gros calme sympathique, on a eu droit à M. Virnerolle, le prof d'Histoire (un bavard intarissable qui passait des heures à nous raconter des histoires de famille, de vacances, de chien-chien et de bagnoles sans aucun rapport avec l'Histoire, ce qui ne l'empêchait pas de nous donner des interro écrites exactement comme s'il nous avait fait cours), il y avait aussi M. Pyfard, le prof de biologie, (qui ouvrait les grenouilles au scalpel mais ne pouvait s'empêcher de pleurer devant la grenouille ouverte) et M. Larquet, le prof de gym (un ex-champion universitaire de basket qui soulevait le petit Malaussène à bout de bras pour marquer les paniers, et j'entends encore le rire du petit Malaussène quand il s'envolait, le ballon dans les mains et les lunettes sur le nez...).

Chacun de ces profs avait un caractère qui le distinguait de tous les autres... et c'était chaque fois Margerelle, pourtant, un Margerelle sans aucun rapport avec notre Margerelle à nous.

– Quel type, hein ! Quel type et quelle aventure ! Non ? Non ?

Oui, oui, situation très excitante, oui, tous les profs du monde servis sur un plateau avec leur mode d'emploi et leurs pièces de rechange... (Margerelle était allé jusqu'à imiter les remplaçants de nos profs quand ils tombaient malade, et même un jour, on a vu entrer dans notre classe un remplaçant de remplaçant !) oui... formidable, vraiment.

Kamo était plutôt fier de lui.

– Ça c'est ce que j'appelle une préparation à la sixième !

Seulement voilà, les semaines chassant les mois, une question commençait à se poser tout de même, une question de rien du tout, d'abord, mais qui petit à petit prit de l'ampleur, et qui se mit bientôt à nourrir toutes nos conversations : qu'était devenu le vrai Margerelle, notre Instit' Bien Aimé ?

Tous les soirs nous attendions Margerelle à la sortie de l'école, mais ce n'était jamais Margerelle qui sortait. Si la journée s'achevait sur un cours d'anglais, on voyait apparaître la grande silhouette dégingandée de Saïmone (« Baille-baille djêntlemèns ! ») ou la lourde carcasse d'Arènes si le dernier cours avait été un cours de maths («A demain, les matheux!...»).

– Il joue le jeu jusqu'au bout, expliquait Kamo, il est très très fort.

Kamo avait beau s'appliquer, il était de moins en moins convaincant.

– Tu veux que je te dise ? lui dit le grand Lanthier un soir d'hiver où les nuages pesaient particulièrement lourd sur nos têtes, ton idée du siècle, Kamo, c'était une vraie connerie... Plus de Margerelle, voilà ce qu'on y a gagné: il a réellement disparu ! Remplacé par une bande de dingues.

– Arrête, Lanthier, arrête... tu vas foutre la trouille au petit Malaussène.

Plus de jeunes filles aux cheveux bruns ou blonds pour attendre M. Margerelle à la sortie de l'école, plus de moto non plus... plus rien qui pût nous rappeler notre Instit' Bien Aimé.

– C'est comme si tu l'avais fait disparaître en lui-même...

– Comme si je l'avais fait disparaître ? Vous n'étiez pas d'accord, peut-être, pour qu'il nous prépare sérieusement à la sixième ?

– C'était ton idée, Kamo, pas la nôtre.

– Ton «idée du siècle».

– Une idée géniale, tu peux être fier de toi !

– Lanthier a raison, on ne plaisante pas avec ces trucs-là...

– Ah ! évidemment, Kamo... Kamo... Kamo ne se gourre jamais hein ?

– Non, il fout la pagaille partout, mais ce n'est jamais de sa faute !

– Jamais !

– Voilà le résultat...

Un responsable, c'est la chose au monde

la plus difficile à trouver quand il faut prendre une décision, mais la plus facile à inventer quand les choses tournent mal. Avec Kamo, la classe tenait son responsable. Elle ne le lâchait plus.

– Et toi, qu'est-ce que tu en penses, toi ?

Moi, je n'en pensais rien.

J'aurais bien aimé revoir M. Margerelle. Deux mois d'hiver venaient de s'écouler avec une lenteur de glacier et je trouvais que la plaisanterie avait assez duré. Seulement, j'étais comme tout le monde, je n'étais plus du tout sûr qu'il s'agît d'une plaisanterie. D'ailleurs, Margerelle ne plaisantait même plus avec les autres instit', ses collègues, dans la salle des profs, et quand M. Berthelot, le directeur, croisait un des Margerelle dans le couloir, il s'engouffrait dans une classe, au hasard, comme pour l'éviter.

– Enfin, quoi, me disait Kamo, quand il rentre chez lui, il doit bien redevenir lui-même, non ?

Nous nous mîmes à le suivre, en nous cachant, jusqu'à la porte de son immeuble, mais d'un bout à l'autre du chemin c'était Virnerolle qui marchait devant nous, ou Saïmone avec tous ses bras et toutes ses jambes, ou Crastaing le prof de français qui, même vu de dos, et même à cent mètres de distance, continuait à nous flanquer une trouille bleue...

– Il doit sentir qu'on le file, disait Kamo, ça ne peut pas s'expliquer autrement...

Un après-midi, alors qu'Arènes pénétrait dans l'immeuble de Margerelle, Kamo eut une fois de plus « l'idée du siècle ». Il fonça dans une cabine téléphonique et composa le numéro de notre Instit' Bien Aimé.

– Là, dit Kamo, en entendant la sonnerie, là il est coincé.

Rien du tout. Ce ne fut pas Margerelle qui décrocha. Kamo partagea l'écouteur avec moi. Il y eut un déclic et une voix impossible à identifier (on aurait dit une voix en conserve) répondit sur un ton mécanique, comme on récite une leçon :

– *Dans l'incapacité momentanée de vous répondre, nous vous*

prions de bien vouloir laisser votre message après le bip sonore. Merci.

– Un répondeur automatique, dit Kamo en raccrochant, il a tout prévu.

Puis le sourcil très inquiet :

– Tu as entendu ? Il dit *nous* vous prions… *nous*… tout de même bizarre, non ?

ATROCEMENT INQUIÉTANT, MÊME ! QUAND UN TYPE QUI VIT SEUL SE MET À PARLER À LA PREMIÈRE PERSONNE DU PLURIEL à son répondeur automatique, on peut commencer à se faire du souci pour sa santé.

– Les copains ont raison, admit enfin Kamo, mon idée du siècle a dû faire sauter les fusibles de Margerelle !

Il s'est décomposé sous nos yeux. Il n'est plus lui-même dans aucun de nos profs !

Ce que nous confirma un incident assez pénible dont nous devions tous nous souvenir longtemps. C'était un mardi matin, en français; Kamo avait oublié sa rédaction chez lui.

– Quatre heures! grinça la voix rouillée de Crastaing, qu'on avait surnommé Papier de Verre.

– Quatre heures de quoi? demanda Kamo sincèrement surpris. (M. Margerelle poussait parfois des coups de gueule, mais il ne nous punissait jamais.)

Papier de Verre leva ses petits yeux fiévreux qu'il posa sur Kamo.

– Quatre heures de retenue, mon garçon, ou de « colle », pour parler votre déplorable langage. Samedi après-midi. Quatre heures.

– Mais je l'ai faite, ma rédaction, monsieur! C'est injuste!

Exactement comme s'il ne l'avait pas entendu, et sans le quitter des yeux, Crastaing confirma:

– Quatre heures de retenue...

A quoi il ajouta, chaque mot tombant comme une goutte d'acide:

– Et une petite conversation avec madame votre mère.

On pouvait tout faire à Kamo, il était de taille à se défendre contre tout. Mais convoquer Tatiana sa mère à l'école, ça, non. Moins Tatiana était mêlée aux affaires scolaires de son fils et mieux Kamo se portait. Un instant je crus qu'il allait se révolter, exploser, sauter sur le bureau et arracher les oreilles de Crastaing avec ses dents, mais non, à mon grand étonnement, il choisit de se taire. Un silence blanc, jusqu'à la fin du cours.

A l'heure suivante, pendant le cours de Maths, Kamo brilla, comme d'habitude. Il était de loin le plus fort de la classe. Quand nous avions besoin de nous reposer, Arènes et lui s'amusaient à se lancer des défis de calcul mental vachement compliqués, duels amicaux dont nous étions les arbitres avec nos calculettes. Ce fut le cas, ce matin-là :

– Et si je vous demandais combien font 723 multipliés par 326, monsieur, qu'est-ce que vous répondriez ?

M. Arènes regarda le plafond une seconde:

– Je répondrais... je répondrais... attends voir... ma foi, je répondrais que ça fait très zeg-zac-te-ment... 235 698.

– Et vous auriez juste ! s'écria le grand Lanthier en montrant à tout le monde l'écran pâle de sa calculette.

Hourras, applaudissements, puis, silence, car nous savions qu'il y avait une suite. (Ces moments-là étaient nos vrais moments de bonheur.)

– Et si tu divisais ces 235 698 par 24, cher petit Einstein, demanda la voix grave de M. Arènes, on peut savoir ce que tu trouverais ?

– On peut... on peut..., fit lentement Kamo pour se donner le temps de réfléchir... et je crois bien... ma foi oui, je crois bien que cela donnerait très zeg-zac-te-ment 9820,75.

– Juste ! Juste ! et avec une virgule, en plus !

Nouveaux applaudissements, hourras ! Mais le bonheur tourna au vinaigre ce matin-là. Encouragé par la gentillesse

de M. Arènes (malgré sa voix grave et sa démarche lourde, c'était celui de nos profs qui nous faisait le plus penser à Margerelle, et nous l'avions surnommé «Bien Aimé Bis»), Kamo, tout à coup, demanda:

– Dites, monsieur, tout à l'heure, pour cette histoire de colle, et de petite conversation avec ma mère vous déconniez hein ?... pardon, je veux dire, vous plaisantiez ?

– Une colle ? demanda Arènes sincèrement surpris, quelle colle ?

Je fis signe à Kamo de s'arrêter; trop tard, il était lancé:

– Oui, tout à l'heure, quand vous m'avez collé, enfin quand M. Crastaing m'a collé, vous n'étiez pas sérieux ?

– Je ne comprends pas...

Nous commencions à comprendre, nous, et nos cheveux se dressaient sur nos têtes. Kamo, lui, poursuivait son idée:

– Pour la rédac que j'ai oubliée chez moi, les quatre heures, c'était de la blague, non ? Vous me les enlevez ?

– Comment ?

Et nous assistâmes à la métamorphose de M. Arènes. De grave, sa voix devint basse, grondante, une voix lourde de menaces, une voix qui charriait tout le magma en fusion du centre de la Terre, et lui qui ne se mettait jamais en colère fut secoué par une fureur profonde, une sorte de tremblement souterrain, son front virant au rouge sombre, ses yeux sortant littéralement de sa tête, ses doigts crispés sur les arêtes du bureau pour dissimuler le tremblement de ses mains :

– Comment ? Qu'est-ce que j'entends ? M. Crastaing te donne quatre heures de colle et tu viens me demander *à moi* de les faire sauter ? Ton professeur de français te punit et tu demandes à ton professeur de mathématiques de supprimer la punition ? C'est bien ce que j'ai compris ? Alors, tu t'imagines qu'on peut s'amuser à monter les professeurs les uns contre

les autres ? C'est ça ? Eh bien ! pour te prouver à quel point tu te trompes, mon pauvre ami, je commence par doubler la punition de M. Crastaing. Huit heures ! Quant à la conversation avec ta mère, je crois qu'elle s'impose, en effet ! Dès qu'elle aura vu mon collègue de français j'aurai moi aussi quelques mots à lui dire !

– Tais-toi ! hurla Tatiana, je t'en supplie, Kamo, tais-toi ! Ce n'est pas à toi de juger les méthodes de tes professeurs ! Pour qui te prends-tu, à la fin ? Môssieur n'était pas content de Margerelle qui l'empêchait d'écrire ses lettres en classe ! Môssieur a voulu que Margerelle le prépare convenablement à l'entrée en sixième ! Et maintenant Môssieur n'est pas content de son prof de français qui a le culot de demander qu'on lui rende ses devoirs à l'heure ! Môssieur n'est pas content non plus de son prof de maths qui refuse de tomber dans les traquenards de Môssieur ! Eh ! bien, Môssieur veut que je lui dise ? Môssieur va se retrouver pensionnaire de la sixième à la terminale, ce qui évitera peut-être à la mère de Môssieur d'aller quinze fois par trimestre à l'école pour se faire engueuler à la place de Môssieur !

De mon côté, je faisais mon possible pour me renseigner. Je posais les questions importantes aux parents, mais sans en avoir l'air, pour ne pas les inquiéter.

– Pope, un type qui change de personnalité, ça existe ?

– Dix fois par jour et par personne, c'est une affaire de circonstances, répondit Pope mon père.

Pope et Moune étaient déjà couchés et moi encore debout, en pyjama, accoudé au chambranle de leur porte. Moune referma son livre pour écouter la conversation.

– Non, mais sans rire, un type qui change vraiment, qui se prend pour un autre, ça existe ?

– Pour Napoléon, par exemple ?

– Par exemple.

– Eh bien ! c'est arrivé à Napoléon. Il s'est pris pour Napoléon et ça a donné une catastrophe épouvantable. Des millions de morts partout, un carnage universel.

– Non, Pope, allez, sans rire...

– Je ne ris jamais quand je parle politique.

NOUS ÉTIONS SEULS, QUOI, ABANDONNÉS À UNE BANDE DE PROFS-FANTÔMES PAR DES PARENTS RIGOLARDS OU DÉLIRANTS D'ADMIRATION : « Quelle pédagogie inventive ! » « Quel dévouement ! » « Ah ! si tous les instituteurs pouvaient lui ressembler ! » « Formidable ! Ce type me donnerait presque envie d'entrer dans l'enseignement ! »

Nous avions tout essayé pour ressusciter Margerelle. Nous lui avions écrit des lettres individuelles et collectives, nous avions laissé des kilomètres de messages suppliants sur son répondeur automatique... rien... pas la moindre réponse... jamais...

Cela faisait des semaines que nous ne jouions plus pendant les récréations. Nous nous rassemblions sous le préau pour chercher la façon de nous en sortir. Finalement, tous les moyens ayant échoué, ce fut le silence. Epouvantables, ces récréations... on aurait dit des veillées funèbres à la mémoire de Margerelle.

Et puis, un après-midi, à la récré de trois heures, au plus profond du silence général, le Petit Malaussène, derrière ses lunettes roses, a dit :

– Vous savez... j'ai un frère.

– Excellente nouvelle, marmonna le Grand Lanthier occupé à décrotter ses chaussures.

– Il s'appelle Jérémy...

– Voilà qui va changer ma vie...

– Il est en troisième.

– Sans blague ?

– Et mon frère Jérémy qui est en troisième, il a trouvé le moyen de faire revenir M. Margerelle.

– Ah ! ouais ?

Le Grand Lanthier continuait à tisonner les plaques de boue de ses semelles.

– Il dit qu'on n'a qu'à organiser un Conseil de classe.

– Un quoi ? demanda Kamo en dressant l'oreille.

– Un Conseil de classe. Mon frère Jérémy, qui est en troisième, dit que tous les profs à partir de la sixième ont la manie des réunions, qu'ils se rassemblent pour un oui ou pour un non, qu'une fois par trimestre ils se réunissent tout spécialement pour nous casser du sucre sur le dos, que c'est sacré, comme chez les Indiens, et que ça s'appelle un Conseil de classe. Il dit que si nous arrivions à provoquer un Conseil de classe, tous les Margerelle se retrouveraient

au même moment dans la même pièce, et qu'alors on aurait une petite chance de retrouver notre Instit' Bien Aimé !

– Nom de nom ! hurla Kamo en bondissant sur ses pieds, nom de nom de nom de nom d'un foutu chien pourri de puces pouilleuses ! L'idée du siècle ! Et dire qu'il a fallu qu'elle soit trouvée par un mec que je connais même pas ! Comment tu dis qu'il s'appelle, ton frère, Le Petit ?

– Jérémy, répondit Le Petit, Jérémy Malaussène.

– Eh bien c'est un génie, ton frangin, un jour on entendra parler de lui, c'est moi qui te le dis !

Kamo n'eut aucun mal à convaincre notre directeur, M. Berthelot, de rassembler le Conseil de classe.

– En effet, en effet, ce serait une assez bonne façon de vous préparer à la sixième...

La date en fut fixée au vendredi suivant à quatre heures et demie après les cours («seize heures trente précises», dit M. Berthelot). Kamo et moi en tant que délégués de la classe étions admis à assister à la première partie du Conseil mais devions nous retirer pour les délibérations. « C'est le règlement », précisa M. Berthelot.

Le vendredi en question, Kamo sentait l'eau de Cologne et Moune m'avait rénové.

Quand nous entrâmes dans la classe du Conseil, M. Berthelot et les Margerelle nous attendaient, chacun assis derrière sa table.

– Bien, dit M. Berthelot, nous pouvons peut-être commencer ?

Mais la voix aigre de Crastaing éleva une objection :

– Vous voyez bien que mon collègue d'anglais n'est pas encore arrivé !

Dans le silence qui a suivi, je me suis dit que c'était foutu, que nous ne retrouverions jamais Margerelle. Il était vraiment trop avarié.

Puis les bras de Crastaing se sont soulevés, et sont retombés, comme les ailes d'un oiseau qui se pose, et nous avons tous compris que Misteur Saïmone venait de s'asseoir.

– Mes enfants, commença M. Berthelot, comme si tout était parfaitement normal, mes enfants, le Conseil de classe se trouve donc réuni au grand complet. Comme vous le savez, vous y représentez vos camarades et vous êtes habilités à parler au nom de la classe. Si vous avez des cas particuliers à nous signaler, des améliorations à proposer, des suggestions à nous faire pour le déroulement du troisième trimestre, c'est votre rôle et nous vous écoutons.

Kamo m'a regardé, j'ai regardé Kamo, il a avalé sa salive et il y est allé bravement. Je n'ai plus en mémoire les mots exacts qu'il a prononcés, mais l'enchaîne-

ment de son petit discours, ça, je m'en souviens très bien, parce que, tout en l'écoutant, je ne pouvais m'empêcher de penser : « Sacré Kamo ! » Ou bien encore : « Décidément, Kamo, c'est Kamo ! » Ce qui m'a frappé, c'est qu'il a commencé par remercier tout le monde. Merci aux professeurs, merci au directeur, merci, merci, vraiment, comme quoi ils étaient tous des types formidables et qu'aucune école au monde, jamais, n'avait si bien préparé des CM2 à la sixième, et que nous avions tous compris du plus profond de nos cervelles jusqu'au bout de nos ongles, jusqu'à la racine de nos cheveux (je me souviens très bien de cette expression : « nous avons compris jusqu'à la

racine de nos cheveux ») comment fonctionnait la sixième et comment nous devions nous y tenir.

– Par exemple, vous m'avez parfaitement fait piger – pardon « comprendre » – que vouloir dresser un professeur contre un autre professeur ne rapportait rien, sinon les pires emmerdements – pardon les pires « embêtements » !

Et voilà mon Kamo parti dans une deuxième rafale de remerciements, comme quoi, sans eux, M. Berthelot et « tous ses chers professeurs », lui, Kamo, n'aurait pas tenu trois jours en sixième... etc. Seulement, voilà, le trimestre touchait à sa fin, et la classe, toute la classe, tous les élèves de la classe...

Ici, Kamo s'interrompit, chercha ses mots, et je vis des larmes monter à ses yeux, trembler au bord de ses paupières, des larmes qu'il écrasa à temps d'un revers de manche :

– Enfin, je veux dire, quoi, M. Margerelle nous manque atrocement, et nous aimerions bien le retrouver pour le troisième trimestre. C'est ce que la classe nous a chargés de vous demander.

Et il termina son discours comme dans un vrai conseil d'Indiens :

– Voilà, dit-il, j'ai parlé.

– Et nous vous avons entendu, mon garçon, dit M. Berthelot. Maintenant, vous pouvez vous retirer, le Conseil va délibérer. Vous connaîtrez notre décision, demain, à la première heure de cours.

C'est la seule nuit de ma vie que j'ai entièrement passée

au téléphone. Pope et Moune dormaient. De l'autre côté, Tatiana dormait. Il n'y avait plus que Kamo et moi, reliés par ce fil, sur la planète endormie. « Ça va marcher », disait Kamo, ne te fais pas de bile, ça ne peut pas foirer ». Et, dès

qu'il commençait à flancher, c'était à moi de lui remonter le moral : « T'affole pas, Kamo, ça ne peut pas foirer, tu as été formidable, ça va marcher. » Puis, c'était de nouveau son tour... C'est comme ça, le doute, ça va, ça vient... Mais ça n'a jamais empêché le jour de se lever.

ET LE JOUR S'EST LEVÉ. ET ÇA A MARCHÉ. À HUIT HEURES ET DEMIE, CE MATIN-LÀ, Margerelle nous attendait, dans notre classe habituelle. Bien que nous ne l'ayons pas revu depuis des mois, nous avons immédiatement reconnu sa tête de tous les jours, sa bonne et joyeuse tête, avec sa tignasse amazonienne. C'était un samedi et il nous attendait, comme tous les samedis d'avant sa métamorphose, assis en tailleur sur son bureau, signe qu'il allait nous raconter une histoire.

– Vous y êtes ?

Oh ! là là, oui nous y étions ! et comment ! Les joues dans nos poings fermés, tous nos yeux allumés, une histoire ! une histoire !

Il annonça tout de suite la couleur : c'était une histoire d'amour.

– Au poil ! Super ! Chouette ! Ouais ! Une histoire d'amour !

C'était l'histoire d'un jeune type, ou plutôt d'un type encore jeune, un peu comme lui, un jeune instit' avec une tignasse amazonienne et une moto comme la sienne... Une tête en l'air et un cœur fou, qui prenait feu pour une fille et pour une autre, et qui aurait passé sa vie à emmener toutes les filles du monde se balader sur sa moto, si un jour, en confisquant un petit papier à un de ses élèves pendant la leçon de géométrie, il n'était tombé sur la description, en quatre lignes seulement, de la femme qu'il cherchait depuis toujours sans le savoir, une merveille absolue qu'il attendait depuis sa naissance. Mais il y rêvait sans y croire. Cette fille était trop belle pour être vraie, trop gentille pour être possible, trop intelligente pour exister. Il n'y avait pas une chance sur deux milliards pour qu'il puisse la rencontrer un jour. Pourtant, les quatre lignes, sur le papier, étaient formelles : c'était elle, pas de doute possible ! Il la reconnut dès les premiers mots. Elle existait tellement qu'elle avait même une adresse et un téléphone.

– Alors ? Alors ?

Alors, il y va. Il y fonce, même. Il grille plusieurs feux rouges... jusqu'à ce qu'un flic le siffle, lui confisque sa moto, et lui retire son permis pour trois mois.

– C'est pour ça qu'il ne venait plus en moto, souffla Kamo à mon oreille.

– Si mon histoire ne t'intéresse pas, Kamo, on peut passer à autre chose...

– Noooon, m'sieur, la suite, la suite ! Ta gueule Kamo ! la suite, m'sieur ! La suite !

Bien. A force d'y aller, il y arrive. Et c'est elle, le papier n'a pas menti ; il la reconnaît dès qu'elle ouvre la porte. C'est vraiment elle... plus elle encore que dans son rêve !

– Alors ?

Eh bien, il lui dit que c'est elle, d'entrée de jeu, sur le pas de sa porte, comme ça, sans même entrer dans son appartement, il lui dit qu'elle est son rêve à lui depuis toujours...

– C'est pour ça que plus aucune fille ne l'attendait à la porte de l'école, s'exclama Kamo !

– Tais-toi, Kamo ! La ferme ! La suite, m'sieur, la suite !

Alors, elle lui répond que c'est bien possible, mais qu'elle n'est pas du tout sûre, elle, qu'il soit, lui, son rêve à elle, vu qu'elle ne sait pas du tout, elle, quel est son genre d'homme, ni d'ailleurs son genre de rêve. Elle a eu quelques ennuis avec les rêves et les hommes, ces temps derniers. Et elle lui ferme la porte au nez.

– Quoi ?

– Elle lui referme la porte au nez.

– Noooon !

– Si. Elle la claque, même.

– Et alors ?

Alors, il ne s'arrache pas les cheveux, il ne se mange pas les doigts jusqu'au coude, il reste calme, pénard, cool, tranquille, et il prend la seule décision possible : puisqu'elle ne sait pas quel est son genre d'homme, il jouera pour elle tous les genres d'hommes imaginables, et, dans le tas, elle finira bien par trouver celui qui lui convient, son rêve à elle, quoi. Et s'il doit jouer deux milliards de rôles pour y arriver il jouera deux milliards de rôles !

– Je crois que je connais la suite, dit clairement Kamo.

– Eh bien ! viens à ma place et raconte-la ! dit Margerelle en sautant de son bureau. On t'écoute.

Et voilà le Kamo assis en tailleur sur le bureau de notre Instit' Bien Aimé, et qui nous sert la suite de l'histoire.

– Jouer deux milliards de mecs, c'est plus facile à dire qu'à faire. Il manquait d'entraînement, le type qui ressemblait comme un frère à notre Instit' Bien Aimé. Mais une géniale idée de génie génial vient à son esprit de génie : « J'ai des élèves, qu'il se dit, d'habitude les élèves ça ne sert à rien qu'à donner des tas de cahiers et de copies à corriger... eh bien pour une fois ils vont me servir à quelque chose, mes élèves ! » C'est ça ?

– A peu près, admit M. Margerelle qui s'était assis à la place de Kamo.

– Et le voilà, le gars qui ressemble comme un frère à notre Instit' Bien Aimé, le voilà qui, sous prétexte d'entraîner ses élèves à la sixième, se met en réalité *à les utiliser comme entraîneurs*. Il leur mime une chiée de profs différents (entre parenthèses tous plus givrés les uns que les autres, à part Arènes, le prof de maths, et encore...), et ça marche très bien, et les mômes y croient dur comme fer, même qu'ils se mettent à pétocher pour la santé de leur Instit' Bien Aimé, à croire qu'il est devenu dingue comme une boule de mercure, c'est ça ?

– Ce que tu oublies de dire, intervint M. Margerelle, c'est que l'idée lui avait été fournie par un de ses élèves, justement... un certain Ka... Ka... Kamo, je crois... qui voulait qu'on le prépare vraiment à la sixième... Il trouvait même que c'était l'idée du siècle !

– Une chouette idée, admit Kamo, et il ajouta : si je le rencontre un jour, ce Kamo, je lui foutrai la raclée de sa vie!

– Pour une fois, je le défendrai, dit M. Margerelle, parce que le petit papier magique, le portrait de la fille du rêve, c'était lui qui l'avait écrit.

– La suite, Bon Dieu, la suite! brailla la classe tout entière.

Mais la suite était sans mystère. Mado-Magie a fini par craquer, évidemment. Un type capable de se multiplier (ou de se diviser) par deux milliards pour vous permettre de choisir, comment résister? Et sur les deux milliards, c'est M. Margerelle qu'elle a choisi, bien sûr, notre Instit' Bien Aimé, l'inventeur de tous les autres.

– C'est à ce moment-là que son répondeur automatique est passé du «je» au «nous». Je me demande pourquoi je n'y ai pas pensé... me dit Kamo pendant que nous rentrions chez nous.

Puis, il ajouta :

– C'est fou ce que les mômes peuvent se faire comme cinoche !

Je l'écoutais sans l'écouter. J'étais en train de me faire mon propre résumé de l'histoire. En fait, c'était l'histoire d'une fille qui ne savait pas quel était son genre d'homme, et d'un garçon qui croyait que toutes les filles étaient son genre. Jusqu'au moment où quatre lignes écrites par un certain Kamo les mettent l'un en face de l'autre, et c'est l'amour, le bel amour. Alors j'ai dit :

– Tu sais ce que tu es Kamo ?

Kamo m'a regardé du coin de l'œil, comme toujours quand je lui disais ce qu'il était :

– Fais gaffe à ce que tu vas sortir, toi.

J'ai laissé passé quelques mètres sous nos pieds, et j'ai dit :

– Tu es le ministre des Affaires Etranges.

– Le quoi ?

TABLE DES MATIÈRES

POUR FAIRE CONNAISSANCE AVEC DANIEL PENNAC, QUI A ÉCRIT CE LIVRE

OÙ ÊTES-VOUS NÉ ?
D. P. Dans les bras de ma maman.

OÙ VIVEZ-VOUS MAINTENANT ?
D. P. Ici.

ÉCRIVEZ-VOUS CHAQUE JOUR ?
D. P. Oui, chaque jour de liberté.

QUAND AVEZ-VOUS COMMENCÉ À ÉCRIRE ?
D. P. A l'école, pour la transformer en récré.

ÊTES-VOUS UN « AUTEUR À PLEIN TEMPS » ?
D. P. Écrire n'est pas une profession, c'est une manière d'être. Mais je suis aussi professeur, ce qui est également une manière d'être.

EST-CE QUE « KAMO » DÉCOULE, MÊME DE LOIN, D'UNE EXPÉRIENCE PERSONNELLE ?
D. P. Kamo, c'est l'école métamorphosée en rêve d'école, ou en école de rêves, au choix.

QU'EST-CE QUI VOUS A INSPIRÉ ?
D. P. L'école ne m'inspirant pas, j'ai réagi.

VOUS A-T-IL FALLU BEAUCOUP DE TEMPS POUR ÉCRIRE CE KAMO ?
D. P. Oui. Je parle trop vite, mais j'écris lentement.

AVEZ-VOUS ÉCRIT D'AUTRES ROMANS ?
D. P. Quelques-uns et quelques autres.

QUEL CONSEIL DONNERIEZ-VOUS À UN ÉCRIVAIN DÉBUTANT ?
D. P. Écrire sans jouer à l'écrivain : les livres sont toujours plus intéressants que leurs auteurs.

Kamo, l'idée du siècle *est le quatrième volume des aventures de Kamo publié dans la collection Lecture Junior, après* Kamo, l'Agence Babel, L'Évasion de Kamo, *et* Kamo et moi.
Kamo, l'idée du siècle *a été publié pour la première fois dans* Je Bouquine, *aux Éditions Bayard Presse.*

Daniel Pennac a aussi écrit des romans pour adultes, comme La Petite Marchande de prose, *et il enseigne le français dans un collège parisien. Peut-être connaissez-vous un autre de ses livres, dont la lecture devrait être obligatoire pour tous les parents et enseignants, surtout ceux qui pensent que « les jeunes d'aujourd'hui n'aiment pas lire » ? Le livre s'intitule* Comme un roman *et se dévore comme un roman.*
On y découvre que « le plaisir de lire ne craint rien de l'image, même télévisuelle, et même sous forme d'avalanches quotidiennes », et que « si pourtant le plaisir de lire s'est perdu (si, comme on dit, mon fils, ma fille, la jeunesse n'aiment pas lire), il n'est pas perdu bien loin. A peine égaré. Facile à retrouver ».
Vous qui venez de lire « Kamo, l'idée du siècle », vous le savez bien !

Jean-Philippe Chabot nous raconte comment il a illustré Kamo, l'idée du siècle

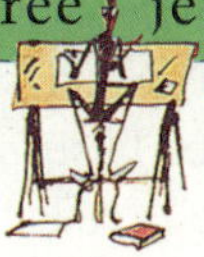

C'est le soir (toujours le soir). Je tourne la clé dans la serrure, pose mon sac rempli de livres ou de disques, et me sers un verre. La soirée s'annonce très chargée mais néanmoins sereine. Le jour tombe sur les toits gris, les pigeons jouent avec la tour Eiffel comme des écoliers courent autour de leur maîtresse. Il va falloir s'y mettre. Après un dîner rapide et un coup d'œil au petit écran, je m'installe à la grande table blanche où sont posés les pinceaux, les crayons et l'encre, tout prêts pour le combat!

La pile de feuilles me nargue en attendant que je finisse la lecture (encore une!) du manuscrit... Enfin vient le moment de se lancer tels ces plongeurs mexicains qui défient les falaises!

Les portes s'ouvrent sur une joyeuse récréation où les enfants courent, crient, se bousculent. Kamo et ses amis sont lâchés, au-delà des mots et des dessins, ils prennent forme. Comme un immense jeu, il faut les guider dans les méandres de l'histoire (s'en occuper comme des parents!). C'est alors qu'au détour d'une virgule, d'un paragraphe, on se prend à hocher la tête, attendri par le petit Malaussène, effrayé par la métamorphose de son instituteur ou par le grand Lanthier qui décrotte ses chaussures... Un plaisir se crée, ici, sous les étoiles qui sont déjà là. On oublie l'heure tardive pour s'éterniser avec les copains et on pense à demain où tout recommencera, où l'on rira, pleurera, bref où l'on vivra. Des amis comme ça, on n'en trouve pas tous les jours!

D'AUTRES TITRES DE LECTURE JUNIOR

KAMO ET MOI DE DANIEL PENNAC
illustrations de Jean-Philippe Chabot

Rédaction pour le lundi 16. Sujet : *Vous vous réveillez un matin, et vous constatez que vous vous êtes transformé en adulte. Affolé, vous vous précipitez dans la chambre de vos parents : ils sont redevenus des enfants. Racontez la suite.* A cette injonction, deux solutions : faire la rédaction ou lire *Kamo et moi* !

L'ÉVASION DE KAMO DE DANIEL PENNAC
illustrations de Jean-Philippe Chabot

Pourquoi Kamo, qui ne craint rien ni personne, a-t-il tout à coup peur d'une simple bicyclette ? Pourquoi sa mère l'a-t-elle soudain abandonné ? Et d'ailleurs, qui est vraiment Kamo ? D'où vient ce nom étrange ? Qui l'a porté avant lui ? Des questions qui semblent n'avoir aucun rapport entre elles ; pourtant, si l'on ne peut y répondre, Kamo mourra !

KAMO, L'AGENCE BABEL DE DANIEL PENNAC
illustrations de Jean-Philippe Chabot

Kamo, qui a décidé d'apprendre l'anglais en trois mois, correspond avec la mystérieuse Catherine Earnshaw de l'agence Babel. Mais qui se cache donc derrière cet étrange personnage ? Une énigme palpitante, merveilleusement observée, où le narrateur mène l'enquête.

KAMO, L'IDÉE DU SIÈCLE DE DANIEL PENNAC
illustrations de Jean-Philippe Chabot

L'idee géniale de Kamo était-elle vraiment l'idée du siècle ? Toujours est-il que monsieur Margerelle est devenu fou comme une bille de mercure ! Cette fameuse idée ne serait-elle pas plutôt la gaffe du siècle ? La bêtise du siècle ? Le crime du siècle ? Que comptes-tu faire, Kamo, pour guérir ton Instit' Bien Aimé ?

LE TERRIBLE TRIMESTRE DE GUS DE GENE KEMP
illustrations de Quentin Blake

Il n'y a quc Gus qui puisse comprendre Danny et ses problèmes d'enfant difficile. Ce qui les met plus d'une fois dans des situations très compliquées. Vrai et drôle, ce roman réserve hien dcs surprises dans l'atmosplière mouvementée d'une école des plus vivantes !...

LA MONTRE EN OR DE LEON GARFIELD
illustrations de Jame's Prunier

Nick a dix ans, pas de parents, pas de maison, pas de chaussures, mais un grave problème : marier sa sœur Jubilé, neuf ans ! Commence alors, dans les bas-fonds de Londres, une incroyable aventure, dont leur papa d'occasion, Vieux Perroquet, impénitent pick-pocket, ne sera pas le moindre des héros.

D'AUTRES TITRES DE LECTURE JUNIOR

AS DE TRÈFLE DE DICK KING-SMITH
illustrations de Claude Delafosse

Le dernier né des porcelets du fermier Tubbs n'est décidément pas un cochon ordinaire. Outre la marque étrange en forme de trèfle qui orne son flanc gauche, il semble comprendre le langage humain ! Un cochon peut-il devenir un animal de compagnie ? As de trèfle se couvrira de gloire, mais saurait-il en être autrement lorsqu'on a pour ancêtre un cochon devenu berger ? Tout le talent de Dick King-Smith, dans une histoire irrésistible dont le dénouement réserve une surprise des plus inattendues.

LES SOURIS DE SANSONNET DE DICK KING-SMITH
illustrations de Alice Dumas

A-t-on jamais vu un chat ne pas se délecter des souris qu'il pourchasse ? Sansonnet ! Qui est loin d'être un chat ordinaire. Lorsqu'il attrape Josépha, il décide d'en faire son amie et de la protéger, fût-ce contre son gré, car cette charmante souris est aussi la plus impertinente, la plus insupportable des compagnes. Un jour, elle disparaît... L'histoire fantaisiste et pleine de rebondissements de la plus surprenante des amitiés.

LE NEZ DE LA REINE DE DICK KING-SMITH
illustrations de Serge Bloch

Harmony aimerait plus que tout avoir un animal bien à elle, mais ses parents s'y opposent. Grâce à son oncle Ginger et à sa pièce de monnaie magique, ses vœux vont être exaucés. Mais il lui faudra auparavant surmonter bien des obstacles. Un roman plein d'humour et de péripéties où l'on voit qu'un désir profond finit souvent par se réaliser à force de persévérance.

POUR RIRE ET POUR RÊVER

L'HISTOIRE DE MONSIEUR SOMMER
DE PATRICK SÜSKIND ILLUSTRÉ PAR SEMPÉ

La découverte d'une enfance, un premier amour, l'apprentissage du vélo, les terrifiantes leçons de piano sous la férule d'une vieille momie impitoyable. Et toujours les rencontres avec monsieur Sommer, énigmatique personnage, marcheur infatigable quel que soit le temps ou la saison. Un univers tendre, rude, humoristique... mais au fait, que cherche donc monsieur Sommer ?

LE SECRET DE DOOLEY DE BRUCE BROOKS
illustrations de Jean Claverie

Nous sommes en Virginie, au sud des États-Unis. Dooley, jeune Noir féru de magie, entreprend de guérir le grand-père de son ami Peanuts, victime d'une crise cardiaque. Mais a-t-il de réels pouvoirs ? Sorcellerie, frayeurs et naissance d'une amitié donnent un roman chaleureux aux multiples rebondissements.

UN ÉTÉ EN SICILE DE ROSE TREMAIN
illustrations d'Agnès Audras

George rêve à une île lointaine, cette Sicile où il a passé de si belles vacances l'été dernier, chez sa grand-mère Violetta et son cousin Guido. Aussi lorsque sa mère, saisie d'un terrible pressentiment, quitte brutalement l'Angleterre pour regagner son village natal tapi sur les pentes du mont Etna, George voit-il enfin son rêve se réaliser même s'il doit quitter son père à Londres. Mais le volcan qui gronde ne va-t-il pas menacer ce fragile paradis ?

Loi n° 49-956 du 16 juillet 1949
sur les publications destinées à la jeunesse
ISBN 2-07-055138-5
Numéro d'édition : 72517
Dépôt légal : mars 1995
Premier dépôt légal
dans la même collection : mai 1993
Imprimé par l'Imprimerie Hérissey, à Évreux